Sing with Me
Canta conmigo

Sing with Me
Canta conmigo

BY JOSÉ-LUIS OROZCO

ILLUSTRATED BY SARA PALACIOS

SCHOLASTIC PRESS

NEW YORK

THE ABC
(THE ALPHABET SONG)

A, B, C, D, E, F, G,
H, I, J, K, L, M, N, O, P,
Q, R, S, T, U, V,
W, X, Y, Z.

Now I know my ABCs.
Next time, won't you sing with me.

EL ABC
(CANCIÓN DEL ABECEDARIO)

A, B, C, D, E, F, G,
H, I, J, K,
L, M, N, Ñ,
O, P, Q, R, S,
T, U, V, W, X, Y, Z.

Ahora que ya me lo sé
Cantemos el ABC.

WHERE IS THUMBKIN?

Where is Thumbkin?
Where is Thumbkin?
Here I am. Here I am.
How are you today, sir?
Very well, thank you.
Run away, run away.

Where is Pointer?
Where is Pointer?
Here I am. Here I am.
How are you today, sir?
Very well, thank you.
Run away, run away.

PULGARCITO

Pulgarcito, Pulgarcito,
¿Dónde estás?
¡Aquí estoy!
¿Cómo está usted?
¡Muy bien, gracias!
Ya me voy. Ya me voy.

Señor Índice, Señor Índice,
¿Dónde está?
¡Aquí estoy!
¿Cómo está usted?
¡Muy bien, gracias!
Ya me voy. Ya me voy.

Where is Middleman?	Señor Medio, Señor Medio,
Where is Middleman?	¿Dónde está?
Here I am. Here I am.	¡Aquí estoy!
How are you today, sir?	¿Cómo está usted?
Very well, thank you.	¡Muy bien, gracias!
Run away, run away.	Ya me voy. Ya me voy.
Where is Ringman?	Señor Anular, Señor Anular,
Where is Ringman?	¿Dónde está?
Here I am. Here I am.	¡Aquí estoy!
How are you today, sir?	¿Cómo está usted?
Very well, thank you.	¡Muy bien, gracias!
Run away, run away.	Ya me voy. Ya me voy.
Where is Pinkie?	Señor Meñique, Señor Meñique,
Where is Pinkie?	¿Dónde está?
Here I am. Here I am.	¡Aquí estoy!
How are you today, sir?	¿Cómo está usted?
Very well, thank you.	¡Muy bien, gracias!
Run away, run away.	Ya me voy. Ya me voy.

THE WHEELS ON THE BUS

The wheels on the bus
Go round and round,
Round and round, round and round.
The wheels on the bus
Go round and round,
All through the town!

LAS RUEDAS DEL CAMIÓN

Las ruedas del camión
Van dando vueltas.
Dando vueltas. Dando vueltas.
Las ruedas del camión
Van dando vueltas
¡Por la ciudad!

The driver on the bus
Says, "Move on back!
Move on back! Move on back!"
The driver on the bus
Says, "Move on back!"
All through the town!

The people on the bus
Go bumpety-bump,
bumpety-bump, bumpety-bump,
The people on the bus
Go bumpety-bump,
All through the town!

El chofer en el camión
Dice "Pasen para atrás.
Pasen para atrás. Pasen para atrás".
El chofer en el camión
Dice "Pasen para atrás"
¡Por la ciudad!

La gente en el camión
Salta y salta.
Salta y salta. Salta y salta.
La gente en el camión
Salta y salta
¡Por la ciudad!

The baby on the bus
Goes "Waah, waah, waah!
Waah, waah, waah! Waah, waah, waah!"
The baby on the bus
Goes "Waah, waah, waah!"
All through the town!

The mother on the bus
Goes "Shhh, shhh, shhh!
Shhh, shhh, shhh! Shhh, shhh, shhh!"
The mother on the bus
Goes "Shhh, shhh, shhh!"
All through the town!

El bebé en el camión
Hace "Bua, bua, bua.
Bua, bua, bua. Bua, bua, bua".
El bebé en el camión hace
"Bua, bua, bua"
¡Por la ciudad!

La mamá en el camión
Hace "Shhh, shhh, shhh.
Shhh, shhh, shhh. Shhh, shhh, shhh".
La mamá en el camión hace
"Shhh, shhh, shhh"
¡Por la ciudad!

The doors on the bus
Go open and shut . . .
All through the town!

The wipers on the bus
Go swish, swish, swish . . .
All through the town!

The wheels on the bus
Go round and round . . .
All through the town!

Las puertas del camión
Se abren y se cierran . . .
¡Por la ciudad!

Los limpiadores del camión
hacen suish, suish, suish . . .
¡Por la ciudad!

Las ruedas del camión
Van dando vueltas . . .
¡Por la ciudad!

OLD MACDONALD

Old MacDonald had a farm
E-I-E-I-O
And on his farm he had a cow
E-I-E-I-O
With a moo, moo here,
And a moo, moo there,
Here a moo, there a moo,
Everywhere a moo, moo.

JUANCHO PANCHO

Juancho Pancho tiene un rancho
AY, AY, AY, AY, AY
Y en ese rancho tiene una vaca
AY, AY, AY, AY, AY
Con el mu, mu aquí,
Con el mu, mu allá,
Mu, mu aquí,
Mu, mu allá.

Old MacDonald had a farm
E-I-E-I-O
And on his farm he had a cat
E-I-E-I-O
With a meow, meow here,
And a meow, meow there,
Here a meow,
There a meow,
Everywhere a meow, meow.

Juancho Pancho tiene un rancho
AY, AY, AY, AY, AY
Y en ese rancho tiene un gato
AY, AY, AY, AY, AY
Con el miau aquí,
Con el miau allá,
Miau aquí,
Miau allá.

Old MacDonald had a farm
E-I-E-I-O
And on his farm he had a frog
E-I-E-I-O
With a ribbit, ribbit here,
And a ribbit, ribbit there,
Here a ribbit, there a ribbit,
Everywhere a ribbit, ribbit.

Old MacDonald had a farm
E-I-E-I-O

Juancho Pancho tiene un rancho
AY, AY, AY, AY, AY
Y en ese rancho tiene un rana
AY, AY, AY, AY, AY
Con el croá, croá aquí,
Con el croá, croá allá,
Croá, croá aquí,
Croá, croá allá.

Juancho Pancho tiene un rancho
AY, AY, AY, AY, AY

THE EENSY, WEENSY SPIDER

The eensy, weensy spider
Went up the waterspout.
Down came the rain
And washed the spider out.

Out came the sun
And dried up all the rain,
And the eensy, weensy spider
Went up the spout again.

LA ARAÑA PEQUEÑITA

La araña pequeñita
Subió, subió, subió.
Vino la lluvia
Y se la llevó.

Salió el sol
Y todo lo secó,
Y la araña pequeñita
Subió, subió, subió.

The great big spider
Went up the waterspout.
Down came the rain
And washed the spider out.

Out came the sun
And dried up all the rain,
And the great big spider
Went up the spout again.

La araña grandotota
Subió, subió, subió.
Vino la lluvia
Y se la llevó.

Salió el sol
Y todo lo secó,
Y la araña grandotota
Subió, subió, subió.

TWINKLE TWINKLE LITTLE STAR

Twinkle twinkle, little star,
How I wonder what you are.
Up above the world so high
Like a diamond in the sky.
Twinkle twinkle, little star,
How I wonder what you are.

ESTRELLITA

Estrellita que al brillar
Me pregunto cómo estás.
Arriba en la inmensidad
Oh, diamante celestial.
Estrellita que al brillar
Me pregunto cómo estás.

Twinkle twinkle, little star,
How I wonder what you are.

Estrellita que al brillar
Me pregunto cómo estás.

AUTHOR'S NOTE

Music played such an important role in my childhood. I vividly remember the magical and joyful sound of the words intoned by the sweet voices of my grandmother and my mother, as well as the notes of the violin that my father played. There was always joy in the house! Later I began to understand the power of music even more when I became a member of the internationally renowned Mexico City Boys Choir. We traveled through 34 countries, where I learned many genres of songs, including those of the children's traditions in many languages. Ever since I was very young, I've made it my mission in life to share my knowledge of music, cultural diversity, and languages wherever possible, including schools, libraries, colleges and universities, and concert halls around the world.

This collection of bilingual children's songs is steeped in the tradition of classic children's songs of the United States. Recent studies on the brain have discovered the benefits of using two or more languages and the importance of music in the intellectual development of children. Some benefits include improved concentration and retention of information. Music also facilitates oral and written language development in general. By featuring the songs in both Spanish and English, the linguistic and musical values multiply and confer power to the children who read this book. Give children the gift of bilingual songs so that they may succeed at home, at school, and in life.

Let's all sing joyfully together in English and Spanish!

Peace and Liberty,
José-Luis Orozco

With much love for my grandchildren: Ixel, Nayeli, Ome, and Yolo. For Sandino, Sofia, Natalia, Sol, Santiago, Alejandro, Adrián, Leia, Reyes, Ellie Rose, Matthew, Luke, Gloria Puga, Julia Castro-Orozco, Teri Ketchie, and all the children of the world.
Long live music! — J-LO

Con todo mi cariño para mis nietos Ixel, Nayeli, Ome y Yolo. Para Sandino, Sofia, Natalia, Sol, Santiago, Alejandro, Adrián, Leia, Reyes, Ellie Rose, Matthew, Luke, Gloria Puga, Julia Castro-Orozco, Teri Ketchie, y para todas las niñas y los niños del mundo.
¡Viva la música! — J-LO

NOTA DEL AUTOR

La música jugó un papel muy importante en mi niñez. La magia de las canciones entonadas por las dulces voces de mi abuelita y de mi mamá me llenaban de alegría, al igual que las notas del violín de mi papá. ¡Siempre había alegría en la casa! Más tarde llegué a comprender aún más el poder de la música cuando formé parte del Coro de Niños de la Ciudad de México con el que viajé por 34 países, y donde aprendí muchos géneros de canciones incluyendo el de las tradiciones infantiles en diferentes idiomas. Desde muy temprana edad mi sueños y aspiraciones eran compartir todo lo que estaba aprendiendo con el poder de la música, y sobre las diferentes culturas y los diferentes idiomas en donde pudiese, y es lo que he estado haciendo durante todos estos años en escuelas, bibliotecas, colegios, universidades y salas de conciertos del mundo.

Las canciones infantiles que aquí presento forman parte de la tradición de música infantil de los Estados Unidos. En estudios recientes sobre el cerebro, se han descubierto sorprendentes beneficios del uso de dos o más idiomas y de la importancia de la música en el desarrollo intelectual de los niños. Entre esos beneficios están una mayor capacidad de concentración y de retención de información. La música también ayuda a desarrollar el lenguaje oral y escrito en general. Al incorporarles las versiones en español, sus valores lingüísticos y musicales se multiplican, ahora que podrán ser cantadas por nuevas voces. Demos a los niños el regalo de las canciones bilingües para que sean libres y felices en sus casas, en la escuela y en la vida.

¡Cantemos todos juntos con gusto y alegría en inglés y en español!

Paz y Libertad,
José-Luis Orozco

For Pablo and Marisa — SP

Para Pablo y Marisa — SP